SENTENCES

PROVERBIALES

A L'USAGE

DES FERMIERS DU BOSQUILLY,

EN MAROUÉ,

Près Lamballe, Côtes-du-Nord;

PAR M. DE COUFFON DE KERDELLECH,

ancien Maire de Maroué.

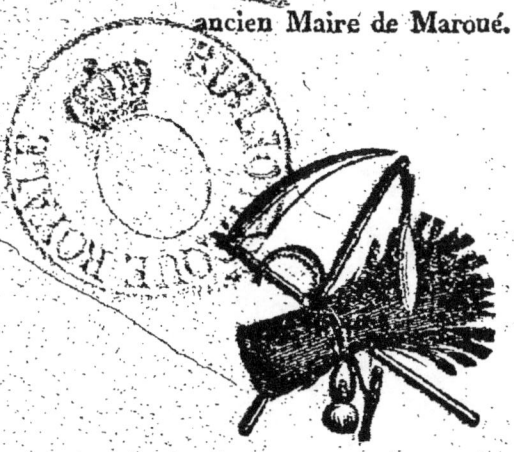

SAINT-BRIEUC,

CHEZ PRUD'HOMME, IMPRIMEUR-LIBRAIRE,

1833.

SENTENCES

PROVERBIALES.

—

1. Qui n'est plus savant qu'un docteur,
   A tort se dit agriculteur.

2. L'agriculture est un art difficile,
   Tout le monde pourtant s'y croit habile :
   Pour l'exercer avec quelque talent,
   Il faut s'instruire et pratiquer souvent.

3. Pour réussir, à la science
   Joignez travail et patience.

4. Adore, en vrai chrétien,
   Dieu, source de tout bien.

5. Qu'au Créateur, dans ton ménage,
   Soir et matin l'on rende hommage.

6. En la Providence ayez foi,
   De Dieu toujours suivez la loi.

7. L'aumône faite à ta porte
   Au centuple te rapporte,

2

8. Sans t'occuper de ton prochain ,
Chrétiennement gagne ton pain.

9. Les dimanches et jours de fêtes ,
Ne prends que des plaisirs honnêtes.

10. Pour bien vivre avec vos voisins ,
A les servir soyez enclins.

11. Tou'e famille unie
Gaîment passe la vie.

12. Plutôt mauvais chef , à mon sens ,
Que vingt ou trente commandants.

13. L'ignorant qui veut apprendre ,
Chez le savant doit se rendre.

14. Chaque jour , visite ton champ ,
Le dommage y sera moins grand.

15. L'ordre , partout si nécessaire ,
Toujours tire un fermier d'affaire.

16. Tous la tête dans un bonnet ,
Chacun alors est bon valet.

17. Aux jolis enfants , des images ;
Aux valets , ric-à-ric leurs gages.

18. Qui soigne son bétail ,
Acquitte bien son bail.

19. L'hiver , au soir , dans ton ménage ;
A chacun taille de l'ouvrage.

20. Fermier à qui ses intérêts sont chers,
    Chaque jour fait cent ouvrages divers.

21. La propreté dans un ménage
    Est de la santé le présage.

22. Qui sait bien employer le temps
    Gagne au centuple ses dépens.

23. Pour faire vie qui dure,
    Dépense avec mesure.

24. Garde toujours dans ta maison
    Fille à qui tout ouvrage est bon.

25. Tant vaut l'homme, tant vaut sa terre,
    Qui bien agit toujours prospère.

26. Premier levé, dernier couché
    De tous grains fournit le marché.

27. Quoi qu'on dise, et qui qu'en grogne,
    Renvois tout valet ivrogne.

28. Ne fais des essais qu'en petit :
    A qui trop hasarde il en cuit.

29. Dans une ferme bien réglée,
    L'heure des travaux est fixée.

30. Aimes-tu tes enfants ?
    Cultive bien tes champs.

31. Si tu ne veux dans la détresse
    Passer une triste vieillesse,
    En faveur d'aucun de tes fils,
    De ton bien ne te dessaisis.

32. Quoique de toi l'on se raille,
    Ramasse même une paille.

33. Plus de sots que de gens d'esprit :
    De ce dicton fait ton profit.

34. Mauvaise routine,
    Mauvaise cuisine.

35. Veux-tu faire profit certain ?
    Gaîment défonce ton terrain.
    Apprends que terre défoncée
    Pour dix ans d'herbe est nettoyée.

36. Le premier épargné
    Est le premier gagné.

37. Souvent l'on perd par négligence
    De quoi solder mainte dépense.

38. En amis traitez vos chevaux,
    Compagnons de tous vos travaux.

39. Mets chaque chose à sa place ;
    Du labour les instruments
    Soient, chacun suivant sa classe,
    Rangés dans tes bâtiments.

40. Si tu crains de faire une avance,
Petite sera ta mouvance.

41. Dans la maison de l'homme actif
Jamais la faim ne trouve asile ;
Mais on la voit, de l'homme oisif
Vite envahir le domicile.

42. Aux foires et aux marchés
Ne te rends que pour affaire :
Il est assez d'insensés
Qui s'y trouvent pour rien faire.

43. Econduis tout colporteur,
A coup sûr c'est un trompeur :
Si tu prends sa marchandise,
Tu paieras cher ta sottise.

44. Bon voisin,
Bon matin.

45. Qui veut que tout aille à sa guise,
Fait preuve de grande bêtise.

46. Jeune fille, pain frais, bois vert
Mettront une ferme à désert.

47. Pour éviter du coûtage,
Soigne bien ton attelage.

48. Provision,
Profusion.

49. Pour tes fils il faut du berlinge,
Pour toute ta maison du linge.

50. Boisson qu'on laisse sous la main
D'ordinaire s'en va grand train.

51. Terres mal travaillées
Sont terres mal payées.

52. Par un sot conducteur
Voiture abandonnée,
A quelque grand malheur
Toujours est exposée.

53. Les ivrognes et les gourmands
Ont tous le sort des fainéants.

54. A chacun sa cognée,
On fait bonne journée.

55. Jamais, la nuit, sans un falot,
N'entre dans aucune écurie :
Souvent l'imprudence d'un sot
Est la cause d'un incendie.

56. Un baromètre en ta maison
Ne serait pas hors de saison.

57. Qu'à cent pieds au moins des murailles
Soient placés tes monceaux de pailles.

58. Qui préfère le plaisir au travail
Est indigne d'avoir terres en bail.

59. Du bon payeur suis la manière ;
Il n'a point d'impôts en arrière.

60. Pain de vieux blé fait grand profit ;
Mets-toi bien cela dans l'esprit.

61. Fermier qui sans cause s'endette,
Vivra bientôt dans la disette.

62. A leurs chapeaux, malins fermiers
Préfèrent user leurs souliers.

63. Partout où se voit cagnardise,
Se rencontre fainéantise.

64. Qui pour argent fait des harnois,
Bientôt est réduit aux abois.

65. A propos celui qui débourse,
Voit enfler le fond de sa bourse.

66. Seulement de son métier
S'occupe tout bon fermier.

67. Besogne mal faite
Coûte toujours trop ;
Besogne bien nette
N'est faite au galop.

68. Comme on fait son lit on se couche :
Apprends cela, sainte-ni-touche.

5

69. Ayez recours au médecin,
En cas de grave maladie :
Il pourra vous sauver la vie
Ne soyez pas votre assassin.

70. Tout ouvrier gagne plus qu'il ne coûte,
Bien ignorant qui de mon dire doute.

71. Les dimanches, fermiers d'esprit
S'invitent à manger la soupe ;
Tous munis d'un bon appétit,
Avec gaîté vidant la coupe,
Ils parlent de leurs bestiaux,
De leurs essais, de leurs travaux.

72. Craignez le feu comme la peste,
Et soyez à l'éteindre preste.

73. Qui ruine son fermier
Se ruine le premier.

74. Il faut des gardiens le dimanche ;
Que les autres aient carte-blanche.

75. De ton état si tu n'es amoureux,
De bien faire tu seras peu soigneux.

76. Fermier qui ne tient aucun compte,
Ne fera pas fortune prompte.

77 Toujours avec bonté
Traitez vos domestiques,
Mais avec fermeté
Défendez les répliques.

78. L'aîné d'une ferme est-il bon,
L'ordre règne dans la maison.
S'adonne-t-il à quelque vice,
Chacun de suite est son complice.

79. Un fermier tant soit peu malin
Met du blé d'avance au moulin,
Il sait bien que vieille farine
Double le pain de sa cuisine.

80. Pour la saison des frimas,
De fourrages fais amas.

81. Si tu ne veux courir la chance
De bientôt perdre ta chevance,
Garde-toi de tout usurier,
De lui n'emprunte un seul denier.

82. Pain qu'on descend de la planchette
Aide à bien remplir la cassette.

83. Chacun selon ses talents,
Sachez employer vos gens.

84. Fermière avenante
Toujours vous enchante.

85. Fermier bourru
    Vrai malotru.

86. Qui se plaint dans l'abondance
    Blasphème la Providence.

87. Le savoir pour le studieux,
    L'argent pour le laborieux.

88. Pour échapper à la misère,
    Fais tes adieux à la jachère.

89. Fermier plein de probité
    Partout se voit respecté.

90. La terre est une bonne mère,
    Plus elle prend, plus elle rend :
    Donne-lui donc et ne diffère,
    Si tu veux gagner cent pour cent.

91. Qui plafonne son écurie,
    Fait preuve de grande industrie.

92. Il te faut rendre exactement
    Ce qu'on te prête obligeamment.

93. Dans quelque coin de ton armoire,
    Pour la soif réserve une poire.

94. Qui terre a,
    Guerre aura.

95. Sur sa table, jusqu'à fin de l'année,
    Un bon fermier vous sert viande salée.

96. Paléfrenier qui soigne dix chevaux,
Doit renoncer à tous autres travaux.

97. Signer acte qu'on ne peut lire,
C'est à faire pouffer de rire.

98. En ardoises couvre tes bâtiments :
Ceci s'adresse à l'homme de bon sens.

99. La métairie est mal payée,
Quand trop cher elle est affermée.

100. Bons ouvriers te faut, de tous états :
Pour les payer, amasse des ducats.

101. Ne serait-ce que par décence,
Chez toi place des lieux d'aisance.

102. Vous verrez bientôt sur les dents
Poulain qui tire avant deux ans.

103. Prévoyant fermier, d'ordinaire,
Tous les quatre ans refait son aire.

104. Étables, sans plancher dessus,
Sont à gens sots ou sans écus.

105. Aux noces de famille
Qu'à son tour chacun brille.

106. En ville, on n'entend que les sots
Nommer les paysans *palots*.

107. Jusqu'en Décembre sois fidèle,
Dans tes grains à passer la pelle.

108. Pour faire la guerre aux rats,
Chez toi nourris de forts chats.

109. Servante maîtresse,
Servante traîtresse.

110. Fermier qui songe au lendemain
Toujours mangera de bon pain ;
Mais tout fermier sans prévoyance
Jamais ne connaîtra l'aisance.

111. Dans toute étable où pendent paille et foin,
Du feu sachez vous garder avec soin.

112. Gens qui font les bons apôtres,
Souvent dénigrent les autres.

113. Partout où sont des valets travaillant,
De droit qu'un d'eux en soit le commandant.

114. Qui toujours se plaint est peu sage ;
Il n'a plus de cœur à l'ouvrage.

115. Fermiers qui font tout à temps,
De reproches sont exempts.

116. Personne n'appréhende
Chiens en loge normande.

117. A tout cheval faut bon palefrenier ;
A toute ferme il faut un bon fermier.

118. Qui ne peut faire sa besogne
Prend du monde pour l'achever :
S'il laisse tout perdre ou gâter,
Il n'a ni honte ni vergogne.

119. Chef de ferme doit tout savoir,
Tout enseigner est son devoir.

120. Fermier riche, dans sa cuisine,
Ne doit pas brûler de résine.

121. Visite souvent ton cellier,
C'est le devoir d'un bon fermier.

122. Fermier qui toujours suit sa tête,
Ne seras jamais qu'une bête.

123. Quand vous logez des pélerins,
Regardez-leur aux pieds, aux mains.

124. Près de malade affligé de la galle,
Dans même lit prudemment ne t'installe.

125. Aider les petits ménagers,
C'est se donner des ouvriers.

126. A l'approche de l'automne,
Fais rebattre chaque tonne.

127. Mauvais conducteur de bateau
Laisse aller sa barque à vau-l'eau.

128. Tout fermier que domine l'âge,
Doit songer à plier bagage.

129. Toujours l'on voit bon laboureur
A l'ouvrage aller de grand cœur.

130. Oh ! le benêt qui par la pluie
Tourne sa terre et la manie.

131. Les racines qu'on donne aux bestiaux
Toujours doivent se couper par morceaux.

132. Veux-tu faire des bénéfices ?
D'argent fais force sacrifices :
Renonce à tes vieux préjugés
Et suis les nouveaux procédés.

133. Bon précepte d'agriculture,
Tout un champ en même culture.

134. Fermier levé matin
Toujours fait bonne fin.

135. Qui conduit bien sa métairie,
S'asseoit à table bien servie.

136. Fermiers entendus
Sont chargés d'écus.

137. L'œil du maître fait plus d'ouvrage
Que les mains de tout un ménage.

138. A tous valets intelligents
Fais un cadeau de temps en temps :
Il est juste de reconnaître
Les services rendus au maître.

139. Fermier chasseur,
Fermier coureur.

140. A son maître tout valet qui réplique,
Est à coup sûr une franche bourrique.

141. Que l'on mène à l'abreuvoir
Fermier qui croit tout savoir.

142. Une bonne ménagère
Qui bien agit dans sa sphère,
Pour la ferme est un trésor :
Elle vaut son pesant d'or.

143. Que tous les ans tes cheminées
Du haut en bas soient ramonées.

144. Fermier buveur,
Fermier brailleur.

145. Fermier qui n'est pas dans l'aisance
Ne saurait faire aucune avance ;
Partant, tout pauvre laboureur
Sera mauvais cultivateur.

146. De pain fermier qu'on dit infâme,
Pour un denier vendrait son âme.

Comment croit-il que, sans manger,
Ses gens puissent bien travailler.

147. Pour avoir boisson bien goûtée,
Dans ton cidre ne mets point d'eau :
Tu ne pourrais dans ton caveau
Le conserver plus d'une année.

148. Fermier flatteur,
Fermier trompeur.

149. Toute fermière active
Souvent fait la lessive.

150. Au dehors, fermier vigilant,
Au dedans, bonne ménagère
Peuvent, tous les deux s'entr'aidant,
De leur maître acheter la terre.

151. Fermier qu'on voit hanter le cabaret
Verra le diable au fond de son coffret.

152. Il conviendrait qu'un chef de métairie
Entendît bien la maréchalerie.

153. Tous les soirs, pour le lendemain,
Dans sa ferme vrai souverain,
Pour les travaux, sans en démordre,
Le maître à ses gens donne l'ordre.

154. Engraisse tous les bestiaux
Que dans les marchés tu veux vendre :

La graisse couvre les défauts ;
Si tu ne le sais, va l'apprendre.

155. D'un bon fermier la basse-cour
Lui doit rendre deux francs par jour.

156. Dans une grande métairie,
Si l'on veut y gagner sa vie,
Savez-vous ce qu'il faut ? Des bras,
Force bras, et toujours des bras.

157. Par un temps contraire,
Jamais blé dans l'aire.

158. Comme de l'or ramasse ton fumier ,
Tu deviendras gros et riche fermier.

159. Dans les bonnes métairies,
Moitié des champs en prairies.

160. Veux-tu fourrages pour tout l'an ?
En saison sème trèfle et jan.

161. De divers fumiers le mélange
Amène du grain dans la grange.

162. Savoir se bien connaître au temps
Est utile à l'homme des champs.

163. Fermière qui n'est pas bégueule
Fait donner, sans savoir le grec,
Aux vaches le lait par la gueule,
Aux poules les œufs par le bec.

164. Récolte engrangée,
Récolte assurée.

165. Où croît fougère, on meurt de faim;
Où croît ronce, on mange du pain.

166. Pour bien faire ta métairie,
Besoin n'est de sorcellerie;
Engrais, bétail et force bras
Te tireront bien d'embarras.

167. Pour les moutons tondeur habile,
Car les bien tondre est difficile.

168. Blé suffisant pour se nourrir,
Nombreux bétail pour s'enrichir,
Avant qu'il ait la barbe grise,
D'un bon fermier soit la devise.

169. Pour préparer votre semence,
De chaux il vous faut abondance.

170. Fermier docteur,
Fermier conteur.

171. A la bêche, terre lassée
Doit toujours être défoncée.

172. Pour puiser de l'eau,
Munis-toi d'un seau.

173. Que comme des avenues,
Pour desservir tous tes champs,
Les venelles soient tenues,
Fut-ce même à grands dépens.

174. A tes chevaux tous les jours baille
Petit-à-petit foin et paille.

175. Jeune bétail mal nourri
Toujours reste rabougri,

176. Dans les étables bien soignées
Ne pendent point fils d'araignées.

177. Saison vaut mieux que beau temps,
A dit un homme de sens.

178. A chaque ferme il faut sa cochonière,
Où soient enclos petits et grands cochons,
Ils ne pourront rompre cette barrière,
Ni d'aucun champ retourner les sillons.

179. Les racines qu'on cultive en fourrages
Engraissent bien animaux de tous âges,

180. Donnez du sel aux animaux,
Vous préviendrez beaucoup de maux.

181. Qui pile le jan sur la terre,
A mon avis, très-mal opère.

182. Bon chien de garde en ta cour
Te défendra nuit et jour.

183. Pour récolter de belles gerbes,
Faites engrais de toutes herbes.

184. Bête maigre donne mauvais fumier,
Bête grasse aide à remplir le grenier.

185. De tes moutons file les laines
Pour t'habiller ;
Mais hors de tes champs prends tes graines
Pour emblaver.

186. Sans les gauler, laisse tomber les pommes,
Et ne crains rien du blâme d'autres hommes.

187. Tous animaux engraissés
Aux foires sont recherchés.

188. Fermier passe pour ridicule,
S'il n'a chez lui montre ou pendule.

189. Ensemence jusqu'au fossé,
Par les vaches et les chevaux
Ton blé ne sera plus mangé,
Tu jouiras de tes travaux.

190. Ferme à moitié, ferme de confiance ;
Pour la faire, faut de la conscience :
Si donc par fois tu vends un animal,
A ton maître donne partage égal,

191. Élève, crois-moi, dans ta ferme,
Plusieurs espèces d'animaux,
Selon le temps, vaches, chevaux
Sont vendus pour faire ton terme.

192. Très-mal gardés sont les moutons
Confiés à petits garçons.

193. Sème force pommes-de-terre,
Dût un sot t'en faire la guerre,
Elles rendront ton bétail gras
Et fourniront à tes repas.

194. Labour profond, engrais, semence nette,
Pour récolter, c'est la bonne recette.

195. Donne au bétail tout l'an fourrages frais,
Tu doubleras, tripleras tes engrais.

196. Dans des terres bien fumées,
A des récoltes sarclées
Fais succéder du froment,
Tu cueilleras largement.

197. Les beaux épis font les belles récoltes ;
Pour les avoir, il faut plus que des voltes.

198. Jamais tout ne manque à la fois,
De divers grains fais donc le choix.

199. A la Saint-George
Sème ton orge.

200. Veux-tu du grain? Fais donc des prés,
Tu t'enrichiras par degrés.

201. De toute terre
Pré se peut faire.

202. Prés, fourrages, bétail, fumier
De grains fournissent tout fermier.

203. Quand ta récolte sera mûre,
Il faut que de bras tu t'assure;
Car, plus tôt tu l'engrangeras,
Plus tôt aussi tu la battras.

204. Pour déraciner la fougère,
Il te faut retourner la terre,

205. Qui sème sans fumier
Est un fameux ânier.

206. Gens qui ne sont pas stupides
Saignent les terrains humides.

207. Dès les premiers jours du printemps,
Il te faut, sans perdre de temps,
Mettre en terre bien préparée
Ton lin par très-belle journée.

208. Pour peu que tu sois fin,
Du cinq au quinze Juin,
Si tu veux qu'il prospère,
Mets ton blé-noir en terre.

209. Sème du trèfle à toute fin
     Dans froment, orge ou sarrasin.

210. Terre froide et humide
     De fumier est avide.

211. Le bon cultivateur
     N'épuise pas sa terre ;
     En bon calculateur,
     Vite il la régénère.

212. S'il pleut, ne sème pas ton grain ;
     Tu pourrais bien manquer de pain.

213. Les feuilles de chênes tombées,
     Que tes terres soient emblavées.

214. Dans clos qu'on vient d'ensemencer
     Personne plus ne doit passer.

215. Sans une bonne charrue,
     Nulle part de bon labour.
     Pour qui n'a pas la berlue,
     C'est aussi clair que le jour.

216. Un bon semeur est oiseau rare
     Que n'encage point un avare.

217. Ne sème jamais par le vent,
     Si ce n'est pois, orge ou froment.

L.

218. Un adroit teneur de charrue
Ne tomba jamais de la nue.
Fou, dix mille fois à lier,
Qui d'abord croit la manier.

219. En Juin l'on bine
Toute racine.

220. Terre argileuse mise en pois,
Ne dénote pas un bon choix.

221. Lorsqu'une récolte est versée,
Par beau temps qu'elle soit coupée.

222. Toute avoine, crainte du vent,
Se coupe prématurément.

223. Au blé-noir faut terre ameublie,
Par de la charrée enrichie.

224. Quand tu sèmeras ton froment,
Ne laboure point finement.

225. Avoine blanche, à la Toussaint semée,
Pourra lever sans craindre la gelée ;
Avoine noire en Mars se sèmera,
Si l'on fume, touffue elle sera.

226. Quitte l'ancienne manière,
Fume, en la levant, ta jachère.

227. De bout en bout fais tes sillons,
Ton champ doit être sans brégeons.

228. En labourant, cache avec soin ton herbe,
Où tu n'auras qu'une chétive gerbe.

229. Récolte en grand de haricots
Ne se tente que par des sots.

230. Vesce en automne semée
En Mai peut être coupée.

231. Quand on ensemence tard,
De blé faut plus grande part.

232. A l'avoine, avec avantage,
Au printemps l'on donne un binage.

233. Après la récolte du blé,
Faucille se met dans le glé.

234. La vesce d'hiver récoltée
Par le blé-noir est remplacée.

235. Blé pris dans sa maturité
De suite peut être enlevé.

236. Blé vert coupé doit sur la terre
Rester huit jours pour se refaire.

237. Pour tes besoins faut semer chanvre et lin,
Dans ton champ l'un, l'autre dans ton jardin.

238. Sème ton seigle de bonne heure,
     Ta récolte sera meilleure.

239. Pour la semence, blé trié
     Vaut bien, suivant moi, blé changé.

240. Terre profondément bêchée,
     Chanvre plus haut d'une coudée.

241. Par la suite tu sèmeras
     Disettes et rutabagas.

242. Terrain défoncé pour janaie
     Ne revient plus en fougeraie.

243. Fermier d'ordre, avec soin,
     Fait botteler son foin.

244. A tes prés faut poudre de plâtre,
     A ton blé-noir cendre de l'âtre.

245. Ton trèfle est-il en fleurs?
     Commande des faucheurs.

246. Qui fauche et fane par la pluie
     Gagne son brevet de folie.

247. De racines, deux mois avant le part,
     A tes vaches par jour donne un mi-quart.

248. Des fermiers soigneux et capables
     Donnent de l'air à leurs étables.

249. Qui soigne son beurre et son lait,
     Peut se donner tout à souhait.

250. A l'abreuvoir mène bridée
     Jument que tu sais fécondée.

251. Tous les ans réparez
     De vos champs les fossés.

252. Poursuis les taupes, ennemies
     De tes champs et de tes prairies.

253. Au mois de Mai l'on doit couper
     Tout chardon qu'on veut extirper.

254. Jamais qu'il n'entre en ta pensée
     (Si tu veux les conserver sains)
     De faire paître à tes poulains
     Herbe couverte de rosée.

255. Qu'en ton courtil bien défoncé
     Tout légume soit cultivé.

256. Donne aux poulains avoine concassée,
     Dans les haras c'est coutume usitée.

257. Des étables, tout bon fermier
     Souvent doit sortir le fumier.

258. Terre bien engraissée
     De blé sera chargée.

259. Portez tous les ans sur vos prés
Les vidanges de vos fossés.

260. Pays de lande et de bruyère
Par engrais devient bonne terre.

261. Pluie en Février
Vaut du fumier.

262. Avec soin cultivez vos terres,
Soignez surtout vos bestiaux,
Vous ne serez plus pauvres hères,
Vous compterez l'or par rouleaux.

263. Heureux qui passe aux champs sa vie
C'est le sort que tout sage envie.

FIN.